F. J. Schwann

Der Godesberger Mineralbrunnen Draisch nach der neuen Bohrung von 1865

Antigonos

F. J. Schwann

Der Godesberger Mineralbrunnen Draisch nach der neuen Bohrung von 1865

Unveränderter Nachdruck der Originalausgabe von 1865.

1. Auflage 2024 | ISBN: 978-3-38635-834-7

Antigonos Verlag ist ein Imprint der Outlook Verlagsgesellschaft mbH.

Verlag: Outlook Verlag GmbH, Zeilweg 44, 60439 Frankfurt, Deutschland, info@outlook-verlag.de
Vertretungsberechtigt: E. Roepke, Zeilweg 44, 60439 Frankfurt, Deutschland
Druck: Libri Plureos GmbH, Friedensallee 273, 22763 Hamburg, Deutschland

Der

Godesberger Mineralbrunnen

Draisch

nach

der neuen Bohrung von 1865

von

Dr. F. J. Schwann,
praktischem Arzte in Godesberg.

In ferro est aliquid divinum; sed nunquam prae-
parata eius artificialia id operantur, quod Acidulae
martiales.   B o e r h a v e.

Godesberg.

1865.

Dem

Medicinal- und Regierungsrathe
Herrn

Dr. Eulenberg
in Köln

hochachtungsvoll

d. V.

Literatur.

1. Apollinar: Der Brunnen Draitsch, ein deutsches Distichon. Bonn 1792.
2. Hundeshagen: Der Heilbrunnen und Badeort Godesberg. Bonn 1833.
3. C. A. Müller: Geschichte der Stadt Bonn. 1834.
4. Dr. E. Weyden: Godesberg, das Siebengebirge u. s. w. 2. Auflage. Bonn 1864.
5. Wurzer: Beschreibung der Mineralquelle zu Godesberg. Bonn 1790.
6. Derselbe: Taschenbuch zur Bereisung des Siebengebirges u. s. w. Köln 1805.
7. Briefe eines Reisenden an seinen Freund über den Aufenthalt beim Godesberger Gesundbrunnen. Godesberg 1793.
8. Tabernaemontanus: Neuer Wasserschatz. Frankfurt. (Das Buch hat 7 Auflagen erlebt).
9. Neubeck: Die Gesundbrunnen. Ein Gedicht in vier Gesängen. Wien, Prag und Karlsbad 1811. 2. Gesang.
10. Zwierlein: Allgemeine Brunnenschrift. Leipzig 1825 pag. 179.
11. Wetzler: Ueber Gesundbrunnen und Heilbäder. Mainz 1822. Bd. 2. S. 358, Zusätze pag. 38.
12. W. Doebereiner: Ueber die chemische Constitution der Mineralwasser. Jena 1826. S. 18.
13. Harless: Die salinisch-eisenhaltigen Gesundbrunnen der Eifel etc. Hamm 1826. pag. 84.
14. Osann: Darstellung der bekannten Heilquellen. Berlin 1832. Bd. 2. pag. 429.
15. Dr. G. Bischof: Chemische Untersuchung der Mineralwasser zu Geilnau u. s. w. Bonn 1826.
16. A. F. Hecker: Arzneimittellehre. 4. Auflage. Gotha und Erfurt 1838. Bd. 2. pag. 853.
17. Hufeland: Praktische Uebersicht der vorzüglichsten Heilquellen Teutschlands. Berlin 1831. pag. 270. (erwähnt).
18. Dr. B. M. Lersch: Hydro-Chemie. 2. Auflage. Berlin 1864. pag. 73 u. 79 (erwähnt).
19. Dr. O. Ewich: Praktisches Handbuch über die vorzüglichsten Heilquellen und Curorte. Berlin 1862. pag. 414.

Geschichtliche Bemerkungen. Die Mineralquelle
zu Godesberg, der sogenannte Draisch- oder
Draitschbrunnen, auch wohl der „Godesberger
Sauerbrunnen“ geheissen, ist keine in neuerer Zeit
erst bekannt gewordene, sondern eine in den ältesten Zeiten, namentlich von den Römern schon zu
Heilzwecken vielfach benutzte Heilquelle, welche nur,
im Laufe der spätern Jahrhunderte mehr oder weniger beachtet, theilweise in Vergessenheit gerathen war.
Aus dieser wurde sie zwar gegen Ende des vorigen
Jahrhunderts in vielversprechender Weise hervorgezogen, freute sich jedoch nur kurze Weile ihres
Aufblühens, indem sie durch die Ungunst der Zeiten
und im Gewühle der damals folgenden Kriegszüge
fast gänzlich wieder in die frühere Vergessenheit
verfiel. Ein sprechender Beweis für das Alter dieser
Quelle und ihre Benutzung ist die Inschrift eines in
der Nähe auf dem Godesberge gefundenen römischen
Votivsteines, welcher bei der späteren Erbauung des
Schlosses als Gewandstein eines Thores verwendet,
hier entdeckt und gegenwärtig in dem Museum der
rheinisch-westphälischen Alterthümer in Bonn aufbe-
wahrt wird. Die Inschrift (C. A. Müller: Geschichte
der Stadt Bonn pag. 286 und Hundeshagen: Der
Heilbrunnen und Badeort Godesberg. 1833. pag. 27),
welche durch Verwitterung sehr gelitten, möchte wohl,
mit Ergänzung einiger ausgefallener Zeichen, also
zu lesen sein: Fortunis salutaribus Aesculapio, Hy-
giae pro salute Quinti Venidii Rufini et Marii Maximi
Iustus Calvinianus, legatus legionis primae Minerviae,

piae, fidelis, legatus Augusti, praefectus provinciae Germaniae inferioris dedicavit. Schon Hermann, Graf zu Neuenaar, Domprobst zu Köln, einer der gelehrtesten Männer zu Anfang des 16. Jahrhunderts, soll die Inschrift dieses Steines bekannt gemacht haben, und der durch seine Gelehrtheit berühmte Domherr von Hillesheim schliesst, dass der Godesberger Gesundbrunnen die Ursache jener Verehrung gewesen, folglich von den Römern entdeckt und mit Erfolg gebraucht worden sei. (Sätze und Fragen aus der kölnischen Kirchen- und Staats-Historie. Bl. 45. §. 52) Apollinar pag. 5.

Mehr als wahrscheinlich ist es auch, dass in den folgenden Jahrhunderten die Quelle von den umwohnenden Geschlechtern gegen mancherlei Leid und Ungemach in Anwendung gezogen worden, ohne dass man mit ihrem eigentlichen Wesen und der Art ihrer Wirksamkeit näher bekannt gewesen ist, und so geschah es denn auch, dass in ihrer näheren Umgebung wenigstens ihr guter Name erhalten wurde. „Kein Hirt unterliess es, wenn es sich ihm fügte, die Heerde an die Quelle zu treiben; denn die Erfahrung hatte es lange bestätigt, dass das Wasser für Seuche bewahre." (Apollinar l. c. pag. 3). „In der ganzen Gegend war der Born seiner Heilkraft wegen berühmt, ehe Tabernaemontanus im 16. Jahrhunderte seiner Erwähnung gethan." Dr. Ernst Weyden versichert die Richtigkeit dieses Citates; er muss dasselbe daher wohl aus einer spätern Auflage des zu Frankfurt a./M. zuerst 1581 erschienenen „Neuen Wasserschatzes" jenes alten Wormser Arztes entnommen haben; die im Jahre 1584 erschienene Auflage des Buches liegt mir vor und ich finde in ihr von Godesberg keine Erwähnung gethan. „Der Brunnen, sagt der um unsere Quelle hochverdiente Wurzer, war seit einer undenklichen Reihe von Jahren in der ganzen Gegend berühmt; berühmt ohne bekannt zu sein; man trank ihn, lobte ihn und kannte ihn nicht." — Um die Mitte des vorigen Jahrhunderts jedoch war die Aufmerksamkeit des Churfürsten Clemens August auf ihn hingewendet worden. Es wurden, wie man noch erzählt, werkverständige Bauleute aus Spaa verschrieben, welche die Richtung der Quellen untersuchen sollten. Der Brunnen wurde mit einer hölzernen Einfassung bekleidet. Die Arbeiter von Spaa seien aber bald wieder entlassen worden, weil man sie im Verdacht gehabt, dass sie den Brunnen durch Zuführung wilder Wasser verfälschen wollten. Die bald folgenden Kriegszeiten und der Tod des Churfürsten selbst hätten das ganze Vorhaben in's Stocken und in Vergessenheit gerathen lassen. (Apollinar l. c. pag. 6). Wurzer wurde um das Jahr 1789 auf denselben aufmerksam gemacht, fand ihn seitwärts eines nach der nahe gelegenen Mühle führenden Weges zwischen Gesträuch und Hecken, liess ihn aufräumen und untersuchte das Wasser. Der letzte Churfürst von Köln, der Erzherzog Maximilian Franz, ein für alles Gute und Schöne ebenso empfänglicher wie thätiger Fürst, erhielt Kunde davon; er trug Wurzer auf, eine genaue chemische Untersuchung des Wassers vorzunehmen und beschloss, durch das höchst günstige Resultat dieser, nach dem damaligen Stande der Wissenschaft mit ausgezeichneter Geschicklichkeit unternommenen Analyse bestimmt, Godesberg zu einem Curorte zu erheben. Auf seine Anordnung und Privatkosten wurde eine Fassung der Quelle vorgenommen und Bauten zur Aufnahme von Brunnen- und Curgästen ausgeführt, sowie auch zweckmässige Anlagen und Spaziergänge mit schattigen Ruheplätzen in näherer und weiterer Umgebung des Brunnens angelegt und die vorhin wilde und öde

Gegend fast zum Paradiese umgeschaffen, so dass
Wetzler, hingerissen von ihrer wunderbaren Schönheit sagt: „Wenn Poggio Baden in der Schweiz
den Garten der Wollust nennt, so möchte ich
Godesberg den Garten Gottes nennen!"

Der Churfürst erwarb durch Ankauf das um den
Brunnen gelegene Terrain (Apollinar l. c. pag. 9)
als Privateigenthum und legte auf demselben sämmtliche unter dem Namen der „Brunnen-Anlagen" be-
griffenen Promenaden an, d. h. die grosse, von der
„Redoute" bis zum Brunnen führende, mit doppelter
Reihe von Pappeln und Platanen bepflanzte Allee, die
Promenade des hinter dem Brunnen gelegenen
Draischbusches und den in Verbindung mit diesem
stehenden sogenannten „Promenadenweg" nach Marienforst. Statt des bis dahin von der ersten Mühle
an auf dem südlichen Bachufer, über den „Müh-
lenacker" bis hinter die frühere Oelmühle, von hier
über den Bach auf das nördliche Ufer gehenden
und von da über die grosse Wiese auf der nördlichen
Seite des vor dem Kloster Marienforst gelegenen
Fischteiches vorbei verlaufenden alten Gemeinde-
fussweges, liess er jenen letztgenannten „Promenadenweg" in seinem jetzigen Verlaufe ganz auf der
nördlichen Seite des Mühlenbaches in die dort
gelegenen Gebüsche durchhauen, und an passenden
Stellen mit schattigen Ruheplätzen versehen. Dieses
Alles geschah jedenfalls im Einverständnisse und mit
Abfindung der Eigenthümer dieser Büsche gegen angemessene Entschädigung (Apollinar l. c.
S. 11 9 und 30.) [1] Dem Bache, der meistens mit

---

1) Die speciell oben angeführten Angaben verdanke ich den
mündlichen Mittheilungen einiger der ältesten Bewohner
von Godesberg und Umgegend, welche den Brunnen und das
ganze Terrain noch vor jener Umgestaltung durch den Chur-

reissender Schnelligkeit in ganz kleiner Entfernung
vom Brunnen dahin floss und sich nicht selten nach
starkem Regen mit dem Wasser des Brunnens ver-
mischte, liess er in der weiterab nördlich gelegenen
Wiese ein neues Bette herrichten und ihn dorthin
führen.

Der von Wurzer untersuchte Brunnen bestand
aus 14 sehr ergiebigen Quellen und war der eigentliche bis dahin bekannte alte Brunnen; die verschiedenen Quellen waren in einem Bassin zusam-
mengefasst, jedoch nicht vor dem Zuflusse wilder
Wasser geschützt. Letztere wurden in 5 Quellen
abgeleitet und eine neue Fassung vorgenommen.
Den Warnungen Wurzer's entgegen hatte man
einen sehr hohen Kranz von Backsteinen auf die
Einfassung des Brunnens gesetzt, um den Wasser-
spiegel desselben in die Höhe zu treiben und
den Abfluss des überflüssigen Wassers in den na-
hen Bach zu erleichtern. Da geschah es, was Wurzer befürchtet hatte, dass durch den Druck des
zu schweren Brunnenkranzes die Quellen im folgenden Frühjahre verschwanden und der Brunnen
trocken wurde. Um nun nicht alle Anlagen um-
sonst gemacht zu haben, liess man „über Hals und
Kopf auf's Gerathewohl graben und zwei sehr nahe
beisammen liegende Quellen schnell zusammenfassen;
und diese bilden den jetzigen Brunnen." (Wetzler
l. c. Zusätze. pag. 39.) Die Ableitung des überflüssigen Wassers wurde, bei der tiefen Lage des
Brunnens, durch ein kostspieliges Senken- und Röh-
renwerk bis zu einer beträchtlichen Entfernung hinge-
führt, um es da in dem Kiess der Tiefe verschwinden
zu machen. Es ist sehr fraglich, ob jene beiden
aufgegrabenen Quellen, welche durch ein Holzrohr

---

fürsten aus eigener Anschauung gekannt und das Ganze
der Anlagen unter ihren Augen haben entstehen sehen.

geleitet seitlich in das Brunnenbassin einflossen, zu dem
alten Brunnen gehörten oder nicht, denn bei in neue-
ster Zeit vorgenommener Ausgrabung des den Brunnen umgebenden Terrains, fand man allerwärts
Wasser und Kohlensäuregas in einer Menge von
Quellen aus dem Boden hervorkommen. Der so ge-
fasste Brunnen lag nur wenige Schritte von jenem
alten, der mit schweren Hausteinquadern und einem
im Viereck darüber liegenden hölzernen Geschränke
gefasst und von Wurzer zuerst untersucht worden
war, und den man bis in die neueste Zeit noch immer
in gleichem Zustande in einer Ecke des Brunnenkes-
sels mit Berg- und Regenwasser gefüllt sehen konnte.
(vergl. Wurzer, Taschenbuch z. Bereisung u. s. w).

Durch die Bemühungen des Churfürsten gelangte
der Brunnen zu einem gewissen Grade von Berühmt-
heit, und Fremde und Curgäste strömten von allen
Seiten, namentlich vom Niederrhein und von Hol-
land in reicher Zahl hierher, so dass bei einem so
glänzenden Anfange Godesberg einer freudigen
Zukunft entgegensah.

Das Ergebniss der Wurzer'schen Analyse,
d. h. des alten Brunnens, hat er in seinem oben-
genannten Schriftchen über die Mineralquelle vom
Jahre 1790 pag. 33 mitgetheilt und lautet auf ein
Pfund Wasser:

Fixe Luft	16 Cubikzoll
luftsaures (kohlensaures) Eisen .	$^3/_4$ Gran
luftsaurer Kalk	$2^{103}/_{150}$ Gran
luftsaure Magnesia	$3^6/_{19}$ Gran
kristallisch. Mineral-Laugensalz	7 Gran
gemeines Kochsalz	$1^1/_3$ Gran

Dabei sagt Wurzer: „Da ich meine Versuche so
viel als möglich genau wiederholte und doch zuwei-
len, besonders in Betreff der Kalk- und Bittererde,
ansehnliche Unterschiede fand, so habe ich hier

zwischen den grössten und kleinsten Quantitäten das
Mittlere angegeben." Wurzer untersuchte das Wasser nicht am Brunnen selbst, wie Harless (l. c.
pag. 100) irrthümlich berichtet, sondern wahrscheinlich in Bonn; denn er selbst sagt auf Seite 25 seines Schriftchens, dass die mit Wasser gefüllten und
mit Blasen verbundenen Krüge alle eine Stunde
weit mussten getragen werden.

Von dem bisherigen, im Jahre 1789 nach obigen Angaben gefassten Brunnen liegen mehrere Ana-
lysen vor, so von Prof. Pickel in Würzburg (nicht
hier, sondern mit nach Würzburg versendetem Wasser vorgenommen), welche ausführlich in dem Schriftchen (Briefe eines Reisenden an seinen Freund) von
Seite 77 bis Seite 94 enthalten ist; das Resultat
ist folgendes: In einem Pfunde Wasser:

kohlensaures Gas . .	12 Cubikzoll	=	8 Gran
Extractivstoff . . .	$^1/_{40}$ Gran	= 0,025	„
Kochsalz	$^{11}/_{20}$ „	= 0,550	„
Glaubersalz	$2^1/_{10}$ „	= 2,100	„
Mineral - Laugensalz			
(kohlens. Natron)	$7^4/_{10}$ „	= 7,400	„
luftgesäuerte Kalkerde	$3^1/_{10}$ „	= 3,100	„
„ Bittererde	$^1/_2$ „	= 0,500	„
„ Eisen . .	$^1/_4$ „	= 0,250	„
Kieselerde	$^1/_{10}$ „	= 0,100	„
Summa der festen Be-			
standtheile	$14^1/_{40}$ Gran	= 14,025 Gran

2) Im Jahre 1818 nahm Doebereiner nach
einer eigenen, von andern abweichenden Methode eine
Analyse vor; nach ihm enthält das Wasser in
920 Cubikzollen an:

Eisenoxyd .	15,75 Gran, nahe	$^1/_2$	Antheil.
Kieselsäure .	22 „	$1^1/_2$	„
Chlorine . .	66 „	2	„

Schwefelsäure 37,8 Gran, 1 Antheil.
Kohlensäure . 518 „ $12^{1}/_{2}$ „
Talkerde . . 20 „ 1 „
Kalkerde . . 40,5 „ $1^{1}/_{2}$ „
Natron . . 133 „ $4^{1}/_{2}$ „

Diese Berechnungsweise, sagt Harless (l. c.), für die Verhältnisse der Mineralwasser-Bestandtheile lässt sich unter allen am wenigsten mit den gewöhnlichen Gewichtsberechnungen in Einklang bringen und ist, wenigstens als Maassstab für die ärztliche Würdigung und Vergleichung der Mineralwasser aus den Quantitäten ihrer Bestandtheile, nicht brauchbar.

3) In der ersten, im Jahre 1838 erschienenen Auflage des genannten Buches von Dr. E. Weyden (Seite 18) ist eine Analyse mitgetheilt, ohne dass dabei bemerkt ist, von wem dieselbe herrührt. Sie soll von Bergemann sein und lautet also: In 10,000 Gewichtstheilen Wasser sind enthalten:

freie Kohlensäure . . . . 15,185 Gew.-Theile.
kohlensaures Natron . . . 4,398 „
Kochsalz . . . . 5,504 „
schwefelsaures Natron . . 1,862 „
phosphorsaures Natron . . 0,317 „
kohlensaures Eisenoxydul mit
  Spuren von Mangonoxyd . 0,560 „
kohlensaurer Kalk . . . . 3,333 „
kohlensaurer Talk . . . . 0,484 „
Kieselsäure . . . . . . 0,005 „
Extractivstoff Spuren
Thonerde desgl.
Lithion?

Summa 31,648 Gew.-Theile.

4) Dann hat endlich der Apotheker Dr. Richter in Köln im Auftrage der Königl. Regierung im Jahre 1861 eine Analyse des Wassers vorgenommen, welche

ich weiter unten mit der von demselben Analytiker
mit dem Wasser des neugebohrten Brunnens in
diesem Jahre angestellten vergleichshalber zusammenstellen werde.

Der Aufschwung und der Glanz, zu dem Godesberg unter dem Churfürsten Max Franz gekommen war, war von nicht langer Dauer. Denn schon
im Jahre 1794 musste dieser Fürst vor dem heran-
ziehenden französischen Revolutionsheere sein Land
verlassen und das von ihm so schön begonnene Werk
zerfiel sehr bald wieder in den nun folgenden un-
ruhigen Zeiten und Kriegsstürmen, und Godesberg
sank langsam wieder in fast gänzliche Vergessenheit
zurück. Ohne Erfolg blieben auch zur Zeit der
Fremdherrschaft gemachte Versuche, durch Wieder-
herstellung des vernachlässigten Brunnens diesen wieder in Aufnahme zu bringen. Hofrath Dr. Velten
in Bonn, um jene Zeit (1807) um ein Gutachten
über denselben aufgefordert, stimmte in Allem dem
in der Wurzer'schen Schrift über den Brunnen und
dessen Gebrauch Gesagten bei. Dieses Gutachten
befindet sich bei den Brunnen-Akten des hiesigen
Bürgermeisterei-Archives. Es fand eine nothdürftige
Herstellung der Wasserableitung durch die Senken,
so wie auch des Brunnens Statt, wobei es dann sein
Bewenden hatte. Auch kamen wohl Fremde und
Gäste die Menge; aber deren Zufluss verdankte
Godesberg weniger dem Bedürfnisse und dem Wun-
sche, im grünen Saale der Draisch ihre Gesundheit
wieder zu finden oder die geschwächte zu stärken,
als vielmehr dem Triebe, am grünen Tische der Redoute die Leidenschaften des Spieles zu befriedigen;
eine eigentliche Cur in Godesberg gab es nicht
mehr, wenn man von den Einzelnen und Wenigen
absehen will, welche meistens aus der Nähe zum
Trinken des Wassers hierherkamen. Im Jahre 1818

wurde mit Errichtung der Universität Bonn das
Bankspiel in Godesberg aufgehoben, und von dieser
Zeit an begann man von mancherlei Seiten her
auf den Draischbrunnen wieder aufmerksam zu machen und aufmerksam zu werden. Vor Allem über-
nahm es die Königliche Regierung, fortan für dessen Unterhaltung so wie der „Brunnen-Anlagen"
Sorge zu tragen. Auch selbst eine Herstelluug des
Brunnens und mögliche Verbesserung desselben
durch neue Fassung und Abführung etwa hinzu-
gekommener wilder Quellen wurde wiederholt in
Anregung gebracht und von dem verstorbenen Prof.
Nasse in Bonn ein Gutachten über das Wasser
eingefordert. Aus Nasse's eigenem Munde weiss
ich, wie grosse Stücke er auf den Brunnen hielt und
dass er selbst einmal den Entschluss gefasst hatte,
eine Abhandlung über denselben zu schreiben, allein
leider blieb, wie so manches der Art bei ihm, auch
dieses nur ein frommer Entschluss, der vor seinen vielen andern Arbeiten einstweilen zurücktrat und dann
zuletzt ganz vergessen wurde. Sein Gutachten, welches unter den Godesberger Brunnen-Akten bei der
Königl. Regierung in Köln liegt, wird demnach jedenfalls ein günstiges gewesen sein. Aber diese wie
auch andere Empfehlungen und Aussprüche blieben
ohne einen nachhaltigen Erfolg, so von Zwierlein,
Harless, Osann und vor allen Wetzler. Letzterer sagt ausdrücklich: Es gibt keinen vorzügli-
chen Stahlbrunnen in Deutschland, der in einer so
schönen Gegend und in einem so milden Klima läge,
wie der Godesberger. — Auch sollte eine neue
Analyse vorgenommen werden, um auszumitteln,
ob sich nicht im Laufe der Zeit wieder Quellen ge-
meinen Wassers dem Mineralbrunnen verbunden.
Ferner wäre zu wünschen, dass der Brunnen durch
eine neue ausführlichere Beschreibung

aus seiner Vergessenheit gezogen würde. Alles vereinigt sich, um Godesberg zu einem der ersten Curorte Deutschlands zu erheben: die Lage am gefeierten Rheine, die Schönheit der Gegend, die Milde des Klimas, die Nähe der Universität Bonn, die Güte des Mineralbrunnens u. s. w." — Alles scheiterte an der Ungunst der Zeiten. Zwar wurde in den dreissiger Jahren die frühere und alte Fassung des Brunnenbeckens erneuert, die frühere Nische enfernt und statt ihrer ein völlig geschmackloses, auf eisernen Stangen ruhendes Zinkdach über dem Brunnen errichtet; aber das Wasser selbst blieb dasselbe, wie auch sonst Alles im früheren Zustande verblieb.

Der glückliche Moment, Godesberg aus seiner Vergessenheit wieder hervorzuziehen, schien erst da gekommen zu sein, als der Königl. Regierungs- und Medicinal-Rath Dr. Eulenberg in Köln, bald nach seinem Amtsantritte daselbst, mit dem grössten Interesse des so lange verkannten Brunnens sich annahm. Zwar auch seine Empfehlungen und Bemühungen vermochten es nicht zu erlangen, dass eine zweckmässige Herstellung des Brunnens auf Staatskosten vorgenommen werden konnte; aber statt dessen hat die Gemeinde Godesberg es hauptsächlich seinen Bemühungen zu danken, dass einmal wieder Leben in die ganze Angelegenheit kam und es der Gemeinde möglich gemacht wurde, im vorigen Jahre den Mineralbrunnen nebst umgebenden Anlagen von der Königlichen Regierung als Gemeinde-Eigenthum zu erwerben. Und sofort erkannten es die Vorsteher der Gemeinde als ihre Pflicht und als eine Ehrensache, Alles, was in ihren Kräften stehe, aufzubieten, dass der Brunnen aus dem Zustande bisheriger Vernachlässigung und gänzlicher Verkommenheit und aus seiner unverdienten Vergessenheit hervorgezogen würde. Es galt hier nicht den Versuch, ein neues Mineralwasser in die grosse Reihe der schon bekannten einzuschmuggeln, sondern ein altes, bewährtes, auf seinen in dieser Reihe ihm gebührenden, bisher nur unrechtmässiger Weise entzogenen Platz wieder einzuführen! Und hierzu wurden wir hauptsächlich und um so mehr noch aufgemuntert durch das Resultat einer neuen Analyse, welche im Jahre 1861, wie schon oben bemerkt, Dr. Richter in Köln im Auftrage der Königl. Regierung mit dem Wasser der bisherigen Mineralquelle vorgenommen hatte ; so wie auch durch ein in dem hiesigen Bürgermeisterei-Archive aufbewahrtes Gutachten des Geh. Bergrathes und Prof. Dr. G. Bischof vom 16. November 1860, worin derselbe ausdrücklich eine Verbesserung der Quelle durch Bohrversuche in Aussicht stellt.

Zur Herstellung des Brunnens war vor Allem erstes Erforderniss: Blosslegung und Untersuchung der verschiedenen Quellen und möglichste Scheidung und Freistellung der Mineralquellen von allem Zuflusse und aller Beimischung fremder und wilder Wasser, und dann zweckmässige Fassung der so erhaltenen guten Quellen. Zu diesem Zwecke wurde der Rath von Sachverständigen und zu vorstehendem Gutachten des Prof. G. Bischof auch vor Allem noch das des Geh. Oberbergrathes und Prof. Noeggerath in Bonn, der mit den sämmtlichen Verhältnissen des Brunnens von jeher bekannt ist, erbeten und auf's Freundlichste und Zuvorkommendste gewährt. Auf seine Anweisung hin wurde das ganze Terrain zwischen dem bisherigen und dem alten Brunnen mit Einschluss dieses letztern aufgegraben und bis auf den „untenliegenden Felsen“ weggeräumt, wobei es sich ergab, dass dieser „Felsen“, von dem fast allgemein, als in nicht grosser Tiefe unter der Brunnensohle gelegen, gesprochen wurde, aus Geröll von verwittertem und verfallenem Thonschiefer bestand. Zwischen diesem sah man nach Abräumung des Obergrundes allerwärts Wasser hervorquellen, wobei an eben so zahlreichen Stellen eine reichliche Entwicklung von Kohlensäuregas Statt fand. Der Versuch, ob nicht diese verschiedenen Quellen alle oder doch der Mehrzahl nach sich nach einer, einige Fuss tiefer ausgegrabenen Grube hinziehen oder doch wohl hinführen lassen möchten, hatte zwar diesen Erfolg nicht, zeigte aber, dass schon in dieser, nur wenige Fuss mehr betragenden Vertiefung, das darin aufsteigende Wasser dem Geschmacke nach viel reicher an Kohlensäure, wie auch von stärkerem Eisen- und Salzgehalte sich erwies. Dieser Umstand gab nun die Bestimmung, wie das schon Prof. Bischof in seinem Gutachten von 1860 empfohlen hatte, bis auf eine vorher nicht zu bestimmende Tiefe ein Bohrloch niederzustossen und dabei zu erproben, ob der Gehalt des aus einer grösseren Tiefe aufsteigenden Wassers in seinen wichtigsten Bestandtheilen als ein wirklich stärkerer und reichhaltiger sich ergeben würde? Das Werk wurde im vorigen Herbste begonnen und bis zum Frühjahre auf eine Tiefe von 93 Fuss unter der Sohle des bisherigen Brunnens gefördert, dann aber geschlossen, einestheils, weil die dazu disponibeln Mittel erschöpft waren, anderntheils und hauptsächlich, weil sich auf dieser Tiefe nicht mehr in gleicher Weise, wie bis dahin, eine stetig steigende Zunahme des guten und kaum erwarteten Erfolges wahrnehmen liess. Dann aber auch, um bei einer provisorischen Fassung die Quelle für den Sommer wenigstens versuchsweise in Anwendung bringen zu können. Zur Beurtheilung des errungenen Vortheiles wurde

Herr Dr. Richter in Köln ersucht, auch das Wasser dieser neu erbohrten Quelle chemisch zu untersuchen, und das höchst günstige Resultat dieser mit nicht minderm Fleisse als Geschicklichkeit und mit gleich grosser Liebe unternommenen Arbeit werde ich unten mit derjenigen aus dem Jahre 1861 zusammenstellen.

Physikalische und chemische Beschreibung der Quelle.

Bei dem Niederstossen des Bohrloches wurden, den dabei aufgenommenen Notizen gemäss, folgendermassen beschaffene Erdschichten durchbrochen:

Das Bassin des bisherigen Brunnens lag bis zur Sohle des letztern ungefähr 18 Fuss tiefer, als der oben vorbeiführende Weg (die Brunnen-Allee), in einem Kessel, dessen Boden theilweise aus aufgeschütteter Erde, theilweise aus Fluss- oder Bachbett bestand, indem ja bis zum Jahre 1789 der jetzt in der weiterab mehr nördlich gelegenen Wiese verlaufende Bach seinen Lauf dicht und in nächster Nähe an dem alten Brunnen vorbei hatte. Vom Boden jenes Kessels wurde, nach vorheriger Wegräumung der ihn ausfüllenden Erde bis auf das untenliegende Thonschiefergerölle, wie wir oben gesagt haben, das Bohrloch eingestossen und durchbrach von

1—12′ Tiefe Thonschiefer und Geröll;
12—29′　„　Thonschiefer mit Flusssand;
29—33′　„　festen Thon;
33—50′　„　feste Thonschichten, wechselnd mit leichteren;
50—56′　„　Grauwacke;
56—60′　„　Thonschiefer;
60—68′　„　Grauwacke (v. 66—68′ mit Quarz);
68—70′　„　Aufgelöster Thonschiefer;
70—75′　„　klebrige Erde;

75—80' Tiefe Grauwacke mit Quarz, letzterer besonders stark in den Schichten von 78—80';

80—87' „ Aufgelöster Thonschiefer mit Basaltstücken und dieses hielt an bis auf

93' „ wieder eine Schichte von festem, aufgelöstem Thonschiefer folgte.

Die Quelle hat demnach ihren Ursprung zunächst in dem hier vorherrschend vorhandenen Thonschiefer, wobei jedoch auch die Schichten, wo das Bohrloch durch Grauwaken mit und ohne gleichzeitigem Vorkommen von eingesprengtem Quarze ging, in Hinsicht der Bildung dieses Mineralwassers wohl einige Berücksichtigung und Beachtung verdienen möchten. Und mehr noch als diese dürften wohl die in nächster Nähe sich befindenden vulkanischen Gebilde und ziemlich mächtigen Basaltlager in den beiderseitigen Anhöhen, welche hier den Ausgang des etwa eine Meile langen von Westen nach Osten herabsteigenden „Gudenauer" Thales einschliessen. Dieses in seinem Ausgange gegen Osten hin völlig offene Thal, in welches das Dorf Godesberg gleichsam wie in eine schützende Bucht hineingebaut ist, ist auf nördlicher wie auf südlicher Seite durch hier auslaufende Höhenzüge geschützt und eingeschlossen, und in diesen, auf der nördlichen Seite von Marienforst über Schweinheim sich hinziehend und in dem als Schluss vorspringenden Basaltkegel des Godesberges endend, liegen, unserer Quelle ziemlich nahe (wenige hundert Schritte entfernt), reichliche Basaltlager. Diesen entsprechend lehnen sich auf der südlichen Seite, wo die Quelle dicht am Fusse einer grossentheils aus Thonschiefer bestehenden Anhöhe zu Tage tritt, direkt an diese Höhe die sogenannten „Steine" und die „Wachholderhöhe", ebenfalls aus Basaltlager bestehend, welche sich von hier aus über die Höhen hinter Muffendorf hinziehen und dann, ähnlich wie nördlich in dem Godesberge, dort in dem schroff vorspringenden Basaltkegel des „Lüngsberges" ihren Abschluss finden. Weiter mehr entfernt gelegene Basaltlager finden sich bei Villip (1 Meile von Godesberg) und zu Rolandseck in der Nähe des ausgebrannten Vulkanes des Rodderberges.

Das Bassin des neugebohrten Brunnens liegt, wie gesagt, 18 Fuss tiefer, als die oben vorbeiführende Brunnenallee; die Tiefe des Bohrloches beträgt 93 Fuss und enthält dasselbe eine Wassersäule von der nämlichen Höhe. Von der Höhe des Weges aus gerechnet steigt das Bohrloch also im Ganzen bis zu einer Tiefe von 111 Fuss nieder. Das Bassin des Brunnens liegt etwa 200 Fuss über der Meeresfläche.

Apotheker Dr. Richter in Köln, welcher im Juni d. J. die neue Analyse des Wassers vornahm, bemerkt darüber in seinem Berichte:

„Zur Zeit der Untersuchung im Juni 1865 war die Quelle noch nicht gefasst; das Wasser sprudelte aus einem etwa $3/4$ Fuss weiten und einige Fuss langen, in das Bohrloch eingesenkten eisernen Rohre hervor. Es entströmen in der Minute sehr annähernd vier Quart Wasser, so dass binnen 24 Stunden 5760 Quart (= 48 Ohm) Mineralwasser zu Tage kommen. Das Wasser erscheint vollkommen klar und geruchlos; in einem weissen Glase erkennt man, dass es ganz farblos und frei von suspendirten Partikelchen ist. An den Rändern des Glases setzen sich sehr viele kleine Glasbläschen an. Bei längerem Stehen in unbedeckten Gefässen trübt es sich, wird weisslich und sondert endlich einen hellgelben Bodensatz ab. Durch die der Quelle entsteigenden Gase ist das Wasser in steter lebhafter Bewegung. Nach Beobachtung der am Orte Wohnenden soll das Entfernen der Gase in unregelmässigen Intervallen ein ausserordentlich bedeutendes sein (Aufsteigen und mächtiges Aufwallen in grossen Blasen). Die Reaction des Wassers ist sauer, nach dem Trocknen des Lackmuspapieres jedoch alkalisch. Der Geschmack desselben ist lebhaft prickelnd, erfrischend und schwach adstringirend, dintenartig. Die Temperatur der Quelle war am 2. Juni 1865 Nachmittags $= 9{,}2^0$ R. bei einer Luftwärme von $17{,}9^0$ R. Im Jahre 1861 am 27. April bei äusserer Temperatur von $7{,}7^0$ R. zeigte das Thermometer in der Quelle $7{,}2^0$ R.; am 18. Juni desselben Jahres, bei $20{,}2^0$ R. Luftwärme, $8{,}6^0$ R. Das specifische Gewicht des Wassers wurde wegen seines sehr reichen Gehaltes an Kohlensäure nach der von Fresenius in §. 208. 13. 5. Auflage: Anleitung zur quantitativen chemischen Analyse beschriebenen Methode bestimmt und betrug bei $13{,}4^0$ R. $= 1{,}0033$."

Das Resultat der von Dr. Richter in Köln unternommenen neuen Analyse stelle ich hier unten des Vergleiches halber zusammen:

1) mit jener, welche derselbe im Jahre 1861 im Auftrage der Königl. Regierung zu Köln, bevor noch irgend eine Arbeit zu der damals beabsichtigten Herstellung des bisherigen Brunnens unternommen worden war, angestellt hatte; und

2) mit der des Schwalbacher Weinbrunnens, nach Fresenius aus dem Jahre 1854, als mit welcher Quelle die unsrige, und wohl auch nicht mit Unrecht, meistens verglichen und in Parallele gestellt worden ist. Diese letztere Analyse habe ich dem Buche von Dr. Ewich entnommen, pag. 673.

Im Pfunde = 7680 Gran sind:	Godesberg, frühere Quelle. 1861.	Godesberg, neue Quelle. 1865.	Schwalbach, Weinbrunnen. 1854.
Kohlensaures Natron	3,8883	7,4237184	1,35
„ Ammoniak		0,0348902	
„ Magnesia	1,9883	3,2724785	3,06
„ Kalk	2,5574	2,0645222	3,05
„ Lithion	Spuren	0,0050277	
„ Eisenoxydul	0,0990	0,2206003	0,31
„ Manganoxydul	Spuren	0,0135782	0,04
Schwefelsaures Kali	0,2112	0,2704128	0,05
„ Natron	1,2688	2,5456128	0,04
Phosphorsaurer Kalk	Spuren	0,0276864	,
„ Thonerde	Spuren	0,0206131	
Chlornatrium	3,8507	7,3480244	0,06
Brommagnesium	Spuren	0,0017203	
Jodmagnesium	Spuren	0,0010828	
Kieselsäure	0,1114	0,1036800	0,36
Organische Substanzen	0,0568	0,0450355	Spuren
Summa der festen Bestandtheile	14,0319	23,3986786	8,31
Dazu freie Kohlensäure	15,7632	19,3301299	20,81
Halbgebundene desgl.	3,8208	5,8120672	3,65
Schwefelwasserstoffgas			0,0008
Summa aller Bestandtheile	33,6159	48,4408757	32,7708

In unwägbarer Menge haben sich als Bestandtheile des Wassers bei obiger Analyse noch gefunden: Baryt, Salpetersäure, Borsäure, harzartige organische Materie, Stickgas.

„Schwefelwasserstoffgas" sagt Dr. Richter in seinem Berichte, „ist in dem Wasser nicht nachweisbar."

In Betreff dieser letzteren Bemerkung muss ich jedoch anführen, dass, nachdem Dr. Richter das zur Untersuchung nöthige Wasser der Quelle entschöpft und nach Köln mitgenommen hatte, und nachdem zur Sicherung und Auskleidung des Bohrloches in der ganzen Höhe desselben eine Holzröhre eingesetzt worden war, kurze Zeit nachher sich wechselnd und zeitweise, und in offenbarem Zusammenhange mit dem Temperaturwechsel stehend, eine durch Geruch und Geschmack, wie auch durch das eigenthümliche Aufstossen nach dem Trinken, sich kundgebende Beimischung von Schwefelwasserstoffgas in dem Wasser beobachtet worden ist. Ich sage zeitweise und mit dem Temperaturwechsel im Zusammenhange stehend; denn ich habe bemerkt, dass diese Beimischung sich bis jetzt nur bei hellem Wetter, hohem Barometerstande und bei Süd- und Südwestwind (wenn der Wind, wie die Leute hier sagen, „über den Rodderberg" herkommt) gezeigt hat. Bei solchem Winde zeige sich auch in allen hiesigen Trinkwasserbrunnen eine reichliche Entwicklung von „Stickluft", d. h. wohl Kohlensäuregas. Bei trübem oder Regenwetter und bei tiefem Barometerstande wird jene Schwefelwasserstoff-Beimischung nicht wahrgenommen. Letzterer Umstand spricht auch gegen die Annahme, als ob dieses Gas erst in und aus dem Wasser selbst sich entwickele, in Folge zersetzender Einwirkung organischer Substanzen (wie hier des das Bohrloch auskleidenden Holzrohrs oder anderer zufälliger) auf die in dem Wasser enthaltenen schwefelsauren Salze. Wahrscheinlicher ist es, dass hier, wie auch anderwärts, z. B. in Schwalbach, Neuenahr und andern

Quellen das Schwefelwasserstoffgas gleichzeitig mit der Kohlensäure aus dem Thonschieferlager, aus welchem jene entspringen, heraufdringt. Jedenfalls ist bei seiner Unbeständigkeit und der geringen Menge, in welcher es in unserm Wasser vorkommt, seine Bedeutung bei medicinischer Verwendung der Quelle wohl nicht in Anschlag zu bringen.

Vergleichen wir nun nach Obigem das Ergebniss der Analyse von 1865 mit dem jener von 1861, so ergibt sich auf den ersten Blick, dass das Wasser der neu erbohrten Quelle gerade in den für die medicinische Verwerthung bedeutsamsten Bestandtheilen: Kohlensäure, kohlensaures Natron, kohlensaure Magnesia, Kochsalz und kohlensaures Eisenoxydul, in einzelnen sogar um mehr als das Doppelte, gewonnen hat. Ueberhaupt scheint das Verhältniss dieser verschiedenen Bestandtheile, im Einzelnen wie auch gegen einander, ein so glückliches, wie es kaum schöner und besser durch Combination hätte hergestellt werden können. Auch ist durch die letzte Analyse die Aehnlichkeit unserer Quelle mit dem Schwalbacher Weinbrunnen, als womit sie von jeher am meisten verglichen worden ist, auf's Neue und auf's Entschiedenste wieder nachgewiesen worden. Der Gehalt an freier und halbgebundener Kohlensäure zeigt in beiden Wassern fast die gleiche Summe, der Weinbrunnen nämlich 24,46 Gran, die Draischquelle 25,14 Gran in 7680 Gran Wasser, letztere also etwa $^2/_3$ Gran mehr; der Gehalt an kohlensaurem Eisenoxydul ist im Weinbrunnen 0,31 Gran, in dem Draisch 0,22, in ersterem also auf 7680 Gran oder ein Pfund Wasser $^1/_{11}$ Gran kohlensaures Eisenoxydul mehr, als in letzerem; kohlensaure Magnesia und kohlensaurer Kalk stehen in beiden sich ebenfalls ziemlich gleich; dagegen finden sich in unserem Wasser überwiegend mehr: das Glaubersalz, Kochsalz und kohlensaures Natron; Bestandtheile, welche, selbst bei ihrer bedeutend geringeren Menge gegen hier dennoch auch schon dem Schwalbacher Weinbrunnen eine viel häufigere und verbreitetere Anwendung, im Vergleiche zu dem daran noch ärmeren Stahlbrunnen, wohl sichern mögen. Für den Draischbrunnen muss daher gleichfalls wegen dieses Mehrgehaltes an jenen zuletzt genannten alkalischen und salinischen Bestandtheilen, keineswegs ein mehr beschränktes und enger begrenztes, als vielmehr im Gegentheile ein mehr erweitertes und ausgedehnteres Feld der medicinischen Anwendbarkeit angenommen werden. Beide Quellen, Weinbrunnen und Draisch, zählen zu den mittelstarken Eisenwassern. Der Weinbrunnen hat wegen seines geringen Gehaltes an festen, d. h. an alkalischen und salinischen Bestandtheilen eine mehr reine, wenig modificirte, tonisirende Eisenwirkung; der Godesberger Draisch dagegen verbindet eben durch den gleichzeitigen grösseren Gehalt an den genannten Bestandtheilen mit dieser tonischen, gelind adstringirenden und stärkenden Wirkung auch eine auf das Absonderungs- und Saugadersystem gelind auflösende, anregende, leicht und sanft abführende, so wie hauptsächlich durch das Natron auch die Thätigkeit der Harnorgane fördernde und vermehrende. Hiermit wäre denn zugleich in Kürze schon die Wirkungsweise der Draischquelle bei ihrem innern Gebrauche angedeutet. Harless, pg. 95, sagt in dieser Beziehung: „Um so mehr vermag dieses Godesberger Wasser, wie ähnliche andere Stahlquellen vom zweiten Range, die wohlthätigen Wirkungen des kohlensauren und zugleich alkalisirten Eisens in milder und auch den reizbareren und nervenschwachen Constitutionen zusagender Art zu äussern, indem es in sanfter Weise den Tonus der Blut- und Capillargefässe vermehren, die Irritabilität in ihrem Grundprincip allmählich verstärken, und die Blutmischung und Blutabsonderung schon von dieser Seite verbessern kann, zugleich auch, und in besonders ausgezeichnetem Grade, die Verdauungskraft des Magens sammt der Esslust befördert. Nervenschwäche, Hysterismus, grosse Verdauungsschwäche, olighämische Cachexie und Bleichsucht finden auch an dieser Quelle Erleichterung und nicht selten gänzliche Heilung." Dieses die Wirkung unseres Brunnens in allgemeinen Zügen. Um aber die Gesammtwirkung desselben auf den menschlichen Körper im gesunden wie kranken Zustande besser beurtheilen zu können, wird es nöthig sein, vorab zu sehen, welche Wirkung jeder einzelne seiner Hauptbestandtheile auf den Körper hervorzubringen vermag. Und diese Hauptbestandtheile sind: Kohlensäure, kohlensaures Eisenoxydul, kohlensaures Natron, Kochsalz, kohlensaure Magnesia, kohlensaurer Kalk und schwefelsaures Natron.

Die *Kohlensäure*, auch Luftsäure genannt, ist das eigenthümlich geistige Wesen dieser Mineralwässer, und man möchte sie wohl als den eigentlichen Brunnengeist bezeichnen, wovon man früher auf dem Gebiete der Heilquellen so Vieles gesprochen und so Vieles geträumt hat. So sagt Hufeland:

„Das, was allen Mineralwassern den eigentlichen Geist und das Leben gibt, was sie eben zu mineralischen, d. h. mineralische Bestandtheile in sich aufgelöst enthaltenden Wassern macht, ist unstreitig die Kohlensäure und das kohlensaure Gas. Je reicher ein Wasser daran ist, desto geistreicher,

belebender und verdaulicher ist es, und desto mehr
kann man auch auf andere darin enthaltene Stoffe
schliessen. Je weniger es davon enthält, desto mat-
ter, ärmer, unverdaulicher und unwirksamer ist es".
— „Ohne Kohlensäure" sagt Marcard, pg.289, „wäre
ein Mineralwasser, wenn es auch alle übrigen Bestandtheile hätte oder haben könnte, nichts als ein
schweres, kahles Wasser; hierdurch (d.Kohlensäure)
aber wird es frisch, angenehm, kräftig, durchdrin-
gend, erhält etwas Reizendes und das Vermögen,
schnell durch den Körper hinzugehen, daher es auch
in weit grösserer Menge getrunken werden kann, als
ein gewöhnliches flaches Wasser."
Im Allgemeinen kann man als Wirkung der
Kohlensäure auf unsern Körper dieselbe bezeichnen
als eine „belebende, aufregende, sowohl Nerven- wie
Gefässesystem, die producirenden wie secernirenden
Organe afficirende, vorzüglich aber die Secretionen
mächtig befördernde, durch unmittelbaren Uebergang in's Blut selbst den chemischen Zustand desselben und dadurch auch die Secretionen daraus
qualitativ bestimmende, insonderheit der Lungen,
die, als das vorzüglichste Kohlenstoff absondernde
Organ, davon am meisten erfüllt und durchdrungen
werden" (Hufeland). Nach der Aufnahme von Kohlensäure in den Magen, wie z. B. in den Mineralwässern, empfindet man zuerst ein eigenes Gefühl von
Wohlsein, eine grössere Munterkeit, Leichtigkeit,
möchte ich sagen; ja es steigert sich dieses Gefühl
mitunter zu einer Art Rausch, nicht unähnlich dem
nach dem Genusse geistiger Getränke. Magen und
Darmkanal werden zu einer lebhafteren, vermehrten
Thätigkeit angeregt, die Verdauung und die Assimilation wird gefördert, und in Folge dessen findet
wieder secundär eine Anregung und Vermehrung
des Appetites Statt. Durch den Uebergang dersel-

ben in das Blut und den Kreislauf findet auch in der Herz- und Blutthätigkeit durch ihre reizende Einwirkung auf die Nervencentren eine Steigerung Statt, was eine Beschleunigung zunächst des Kreislaufes selbst und in Folge dessen eine Vermehrung der verschiedenen Secretionen, besonders der Hautausdünstung und Harnausscheidung zur Folge hat. Durch und mit dem Kreislaufe in die Lungen gelangt, wird sie hier zum Theile ausgeschieden und ausgeathmet, wogegen für etwa 85 Raumtheile ausgeathmeter Kohlensäure, aus der eingeathmeten Luft gegen 100 Theile Sauerstoff von dem Blute angezogen und von den rothen Blutkörperchen als Hauptsauerstoffträgern grösstentheils aufgenommen werden. Tritt die Kohlensäure durch Einathmen mit der Schleimhaut der Athmungswege in unmittelbare Berührung, d. h. in einer athmenbaren Mischung mit gewöhnlicher atmosphärischer Luft, so bewirkt sie in derselben ein Gefühl von Prickeln und Stechen, wodurch stärkerer Blutandrang nach den von ihr gereizten Theilen und dadurch vermehrte Schleimabsonderung auf denselben hervorgerufen wird. Eine intensive Einwirkung könnte namentlich bei mit geschwächten Athmungsorganen versehenen und zu Blutspeien geneigten Individuen sehr leicht Lungenblutflüsse hervorrufen. Ueberhaupt ist auch ihre innere Anwendung bei Geneigtheit zu Blutflüssen immer mit grosser Vorsicht zu verbinden, so namentlich bei sehr reizbaren Frauen mit Geneigtheit zu Abortus.

Das *kohlensaure Natron* wirkt vor Allem säurebindend, säuretilgend, und zwar äussert sich diese Wirkung zunächst im Magen, wenn in ihm Magensäure in krankhaft vermehrter Menge frei und überschüssig vorhanden ist. Die Magensäure verbindet sich mit der Basis des eingeführten Salzes, wo-

bei die Kohlensäure frei und durch Aufstossen theilweise aus dem Magen wieder entfernt, theilweise
aber auch aufgesogen wird. Auf diese Weise wird
die durch obige Ursache gestörte Funktion des Magens hergestellt unter Beseitigung des ganzen, grossen
Heeres der dadurch bedingten und damit verbundenen Beschwerden und Belästigungen, wie Sodbrennen,
Aufblähen des Magens, Trägheit der Verdauung,
Magenschmerz und Magenkrampf, Erbrechen, Magencatarrh u. s. w.; die Verdauungskraft wird angeregt
und die Digestion selbst allmählig zu ihrem normalen Stande zurückgeführt. — Diese säuretilgende
Kraft des kohlensauren Natron beschränkt sich aber
nicht allein auf die in den ersten Wegen überschüssig vorhandene freie Magensäure, sondern nachdem
zugleich ein Theil des Salzes aufgesogen und in's
Blut übergeführt worden, soll ihm dort nach Liebig
ein bedeutender Einfluss auf den normalen Hergang
des Stoffwechsels zugeschrieben werden müssen, indem es die Oxydation der von aussen in das Blut
aufgenommenen oder in diesem selbst gebildeten
Säuren vermittele und so ein Sauerwerden des Blutes
verhindere. Finde nämlich das kohlensaure Natron
in dem Magen keine freie überschüssige Säure mehr
vor, so werde es aufgesogen, in den Kreislauf übergeführt und soll, namentlich bei längerem oder reich-
licherem Gebrauche, eine vorwiegende Alkalescenz
des Blutes bedingen. Durch diese werde die Bin-
dung resp. Zerstörung der in dem Blute abnorm vorhandenen Säuren bewirkt. Namentlich soll dieses
geschehen, wenn Harnsäure frei im Blute enthalten sei. Die Harnsäure, nach Lehmann eine
Vorstufe der Oxydation von dem aus denselben Ele-
menten bestehenden Harnstoffe, werde durch eine
höhere Oxydation in Harnstoff übergeführt, wobei
Kohlensäure sich entwickle. Dieser Prozess werde

durch die Alkalescenz des Blutes vermittelt und so,
durch Ueberführung der Harnsäure in Harnstoff,
deren leichtere Elimination aus dem Körper bedingt.
Die bei diesem Vorgange frei werdende Kohlensäure
verbinde sich mit dem im Blute vorhandenen kohlensauren Natron zu einem Bicarbonate, welches mit
dem Kreislaufe in die Lungen geführt werde. Komme
in den Lungenzellen das Blut mit dem Sauerstoffe
der eingeathmeten Luft in Berührung, soll jenes Bi-
carbonat einen Theil seiner Kohlensäure an diese Luft
wieder abgeben und mit dieser bei den folgenden Ex-
spirationen ausgeathmet werden. An die Stelle dieser
abgegebenen Kohlensäure nehme das Blut aus der
in den Zellen der Lunge vorhandenen frisch eingeathmeten Luft entsprechende Raumtheile Sauerstoff
auf, welcher dann im Körper zu weiterer Oxydation
verwendet werde. — Ob aber diese Vorgänge im le-
benden Organismus durch Aufnahme der kohlensauren Alkalien im Allgemeinen und des kohlensauren
Natron im Besonderen wirklich nach einer solchen,
ich möchte fast sagen, feststehenden chemischen
Schablone Statt finden, oder, bei übrigens gleichen
Endresultaten, auf andere vielleicht einfachere Weise
geschehen, mag noch manchem Zweifel unterzogen
werden können. Denn einmal ist nach neueren Untersuchungen dargethan, dass ein Theil der im Blute
in beträchtlicher Menge vorhandenen Gase (Sauerstoff, Kohlenstoff, Stickstoff etc.) im Blute nur in
„mechanisch absorbirtem Zustande“ vorhanden ist;
andere dagegen sind, wenn auch meistens nur locker,
an Blutelemente chemisch gebunden. So wird der
Sauerstoff durch chemische Affinität vom Blute angezogen und in gebundenem Zustande∙ von ihm getragen, während die Kohlensäure nur zum Theile
chemisch gebunden, zum Theile einfach gelöst im

Blute vorhanden ist[1]). Die Annahme von Liebig[2]), dass alle im Blute enthaltene Kohlensäure chemisch gebunden sei und zwar, dass dieselbe mit dem in den Kreislauf aufgenommenen kohlensauren Natron sich zu doppeltkohlensaurem Natron verbinde, dieses aber in den Lungenzellen einen Theil seiner Kohlensäure wieder abgebe und zu einfachem kohlensaurem Natron reducirt werde — ist durch die Untersuchungen von L. Meyer[3]) sattsam widerlegt. Diesemnach ist eine derartige Bildung und Reduction von Natrum bicarbonicum im Blute als höchst unwahrscheinlich dargethan, dagegen bewiesen, dass Aufnahme und Abgabe von Kohlensäure in und aus dem Blute einfach aus dem Gesetze der Absorption sich erkläre und die Annahme eines chemischen Trägers der gesammten Kohlensäuremenge des Blutes durchaus nicht nöthig sei. — Was ferner die durch Alkalien bedingte Alkalescenz des Blutes und die durch diese vermittelte höhere Oxydation der im Blute vorhandenen freien Harnsäure und Umwandlung derselben in Harnstoff, betrifft, muss noch Folgendes erwähnt werden. Die Bestandtheile des Harnes sind zum Theil solche Stoffe, welche zu den Rückbildungsprodukten des thierischen Stoffwechsels gezählt werden. Hierher gehören vor Allem die stickstoffhaltigen Körper des Harnes, Harnsäure, Harnstoffe, Hippursäure etc., welche zum Theil durch Rückbildung der stickstoffreichen Gewebselemente des Körpers, zum Theil aus den stickstoffhaltigen Proteinverbindungen des Blutes entstehen, indem letztere demselben im Ueberflusse durch die

---

1) Funke, Physiologie Bd. I. pag. 41.
2) Chemische Briefe.
3) Die Gase des Blutes. Zeitschrift für rat. Med. II. Reihe. Bd. VIII.

Nahrungsmittel, namentlich Fette, zugeführt werden und im Blut selbst in Harnstoff, Harnsäure zerfallen, um als überflüssig aus dem Körper ausgeschieden zu werden. Ferner werden auch durch den Harn die dem Blute im Ueberfluss zugeführten mineralischen Bestandtheile entfernt. „Ohne den Durchtritt gewisser Menge Salze," sagt Funke l. c. pag. 492, „wäre aber anderntheils wahrscheinlich auch die Secretion jener organischen Harnelemente physiologisch unmöglich, d. h. eine reine Lösung von Harnstoff, Harnsäure etc. ohne Salze könnte die Capillaren nicht verlassen; der Transsudationsweg für erstere Stoffe muss leichter noch für die löslichen Salze, welche neben ihnen im Serum gelöst sind, gangbar sein." Im Harne selbst aber ist die Harnsäure meistens nicht frei, sondern an Natron gebunden und zwar grösstentheils als saures harnsaures Natron gelöst enthalten, und diese Lösung der Harnsäure wird durch gleichzeitiges Vorhandensein von saurem phosphorsaurem Natron oder auch milchsaurem Natron im Harne begünstigt. Die Ausscheidung der frei im Blute vorhandenen Harnsäure scheint demnach dadurch gefördert und erleichtert zu werden, dass dieselbe mit dem im Blute gelöst enthaltenen kohlensauren Natron in Verbindung tritt und jenes lösliche saure harnsaure Natron bildet.

Die Ausscheidung also jener organischen im Blute vorhandenen Stoffe, welche, besonders die Harnsäure, bekanntlich zu mancherlei krankhaften Störungen, wie Bildung von Gries und ähnlichen harnsauren Concretionen in den Nieren und der Urinblase Veranlassung werden können, wird, wie erfahrungsgemäss feststeht, durch den Gebrauch der Alkalien und besonders des kohlensauren Natron begünstigt und der Bildung derartiger krankhafter Niederschläge vorgebeugt. — Auch in der

Gicht soll nach Garrod und Lehmann Harnsäure in vermehrter Menge im Blute enthalten sein, und auch hier wird dieselbe in ähnlicher Weise wie oben, durch den Gebrauch des kohlensauren Natron zur Ausscheidung aus dem Körper vorbereitet und fähig gemacht und auf demselben Wege auch gegen diese Krankheit erleichternd und heilend gewirkt werden können.

Durch ähnliche Vorgänge soll das kohlensaure Natron auch auf vorhandene Störungen in der Gallenabsonderung verbessernd einwirken und selbst die Bildung von Gallensteinen verhüten können.

Indem das kohlensaure Natron auf solche Weise die Blutmasse von zur Ausscheidung bestimmter Stoffe reinigt, sie zur Ausscheidung vorbereitet und diese theilweise selbst, so namentlich durch den Urin, befördert, trägt dasselbe bedeutend zum thierischen Stoffwechsel bei.

Durch die „Alkalescenz“ des Blutes sollen ferner, was für mancherlei Krankheitszustände, wie Skrophelleiden und ähnliche, von grosser Wichtigkeit sei, die Hauptbestandtheile des Blutes, Eiweiss und Faserstoff, in gelöstem Zustande in ihm erhalten und eine krankhafte Ausscheidung oder Niederschlagung derselben verhütet werden.

Diese von dem Gebrauche des kohlensauren Natron günstigen Einwirkungen auf die Verrichtungen und theilweisen Ausscheidungen in unserem Körper werden wir in mehr oder minder hohem Grade auch durch einen länger fortgesetzten Gebrauch unserer Quelle erlangen können. In seiner säurebindenden und säuretilgenden Eigenschaft, wie auch theilweise in seinen übrigen Wirkungen wird es bei diesem Gebrauche durch noch andere in unserer Quelle vorhandenen kohlensauren Verbindungen, den kohlensauren Kalk und die kohlensaure Magnesia, unterstützt. Es ist nämlich

Der *kohlensaure Kalk* ein ganz vorzügliches säuretilgendes Mittel, welche Wirkung es auch in unserm Wasser in Verbindung mit dem kohlensauren Natron besonders bethätigen wird. Theilweise aber dürfte, namentlich bei längerem Gebrauche, diese Verbindung im Körper durch die in diesem selbst aus so mancherlei ihm zugeführten Nahrungsmitteln sich bildende oder durch gegenseitige Zersetzung aus den phosphorsauren Alkalien des Blutes frei werdende P h o s p h o r s ä u r e zu phosphorsaurem Kalke sich umbilden und als solcher sich bei Neubildung mancher Gewebe am thierischen Stoffwechsel betheiligen. Denn es ist nicht unwahrscheinlich, oder besser gesagt, durch neuere Untersuchungen nachgewiesen, dass kohlensaurer wie phosphorsaurer Kalk an jedem Zellenbildungsprocesse, an jeder Bildung der Gewebe, besonders des Knochensystems sich betheiligen und dieselben fördern helfen (Beneke). Die Aufnahme des kohlensauren Kalkes im Körper wird durch die im Blute wie in fast allen Theilen des Körpers enthaltene Kohlensäure besonders vermittelt, indem eben durch die Verbindung mit der Kohlensäure der Kalk erst seine Löslichkeit erhält, so wie diese Löslichkeit und leichtere Aufnahme desselben auch durch absichtliches oder zufälliges Zusammentreffen mit andern, theils organischen, theils unorganischen Substanzen noch besonders erleichtert werden kann. Von den organischen Substanzen zeichnet sich in dieser Hinsicht besonders der Zucker aus, der überhaupt nach neueren Versuchen die Lösbarkeit der meisten Metalloxyde begünstigt und ihre Präcipitation aus den sie gelöst enthaltenden Flüssigkeiten erschwert. (J. Schneider: quid valeat Saccharum ad praecipitationem oxydorum metallicorum affuso natro impediendam. Dissert. Bonnae 1861.)

Die *kohlensaure Magnesia* theilt sich mit dem vorigen in die säuretilgende Wirkung, indem sie bald nach ihrer Aufnahme im Magen mit der freien Magensäure sich verbindet und dafür die Kohlensäure fahren lässt. Durch ihre Leichtverdaulichkeit, in Folge deren sie den Magen nicht belästigt, zeichnet sie sich in dieser Hinsicht vor den vorher besprochenen Mitteln vortheilhaft aus, so wie auch dadurch, dass sie zugleich als ein leicht und sanft abführendes Mittel sich erweist. Und ohne eine solche Unterstützung würde in unserm Mineralwasser der geringe Gehalt an:

Schwefelsaurem Natron höchstens nur einen gelinden Reiz auf den Darmkanal auszuüben im Stande sein und dessen Funktionen in, diesem geringen Reize entsprechendem Grade anzuregen vermögen; er ist zu gering, als dass dieses Mittel, welches in grösseren Gaben hauptsächlich abführend wirkt, auch hier für sich allein und ohne Unterstützung von Seiten der Magnesia, des Kochsalzes und des kohlensauren Natrons selbst diese Wirkung hervorzubringen vermöchte. Wird das Glaubersalz in grösseren Dosen genommen, so soll der grössere Theil desselben, ohne vom Darme aufgenommen zu werden, in den Stuhlgang übergehen und mit diesem den Körper wieder verlassen, wohingegen bei genommenen kleineren Gaben diese dem grössten Theile nach vom Darme aufgesogen würden. Häufig geschieht es, dass nach dem Gebrauche von Glaubersalz, auch wohl nicht ganz selten nach dem Trinken unseres Brunnens, eine Bildung von Schwefelwasserstoffgas im Darmkanale Statt findet. Diese Erscheinung hat wohl ihren Grund darin, dass das Salz im Darmkanale zersetzt und unter Entwicklung von Schwefelwasserstoffgas in Schwefelnatrium umgewandelt wird. Trifft es sich nun, dass gleichzeitig mit dem Glaubersalz, wie dies bei eisenhaltigen Mineralwässern so oft der Fall ist, kohlensaures Eisenoxydul genommen wird, so findet im Darmkanale durch gegenseitige Zersetzung die Bildung von Schwefeleisen Statt, wodurch die Stühle dunkelgrün gefärbt werden. Schwefelwasserstoffgas-Entwicklung im Darmkanale wird auch wohl beim Trinken unserer Quelle bemerkt, ungleich selten aber ist der gleichzeitige Abgang schwarzgrüner Stühle. Spricht das gegen eine Zersetzung im obigen Sinne und sollte man daraus auf eine raschere und vollständigere Resorption des kohlensauren Eisenoxyduls schliessen dürfen?

Chlornatrium, Kochsalz, ist nächst dem kohlensauren Natron am stärksten in unserer Quelle vertreten. Kochsalz ist ein beständiger Bestandtheil des Blutes und findet sich in fast allen Ausscheidungen wieder. Seinen ersten und Haupteinfluss äussert es als ein anerkannt wichtiges Unterstützungsmittel für den Verdauungsprocess, indem es wahrscheinlich durch seine reizende Einwirkung auf die Magenwände, den Magen selbst zu einer gesteigerten Thätigkeit und vermehrten Absonderung des Magensaftes antreibt. Dieselbe Reizung erstreckt sich über den ganzen Darmkanal, so dass auch dort das gleiche Resultat vermehrter Thätigkeit und Absonderung eintritt. Lehmann sah, indem er zu künstlicher Verdauungsflüssigkeit etwas Kochsalz zusetzte, die Lösung von geronnenem Albumin, Fibrin, Casein wesentlich gefördert, und schliesst daraus, dass es auch für die gewöhnliche Verdauung dieser Proteinkörper ein wesentliches Unterstützungsmittel abgeben möchte. Liebig stellte ähnliche Versuche an mit Blutfibrin und

Kleber, welche in kleiner Menge von Salzsäure oder kochsalzhaltigem Wasser sich lösten; wurde aber der Kochsalzgehalt bis auf 3—4⁰/₀ gesteigert, so wurden die gelösten Proteinstoffe aus ihrer Lösung niedergeschlagen. Es soll daher auch das Kochsalz, welches leicht und wenigstens seinem grössten Theile nach unzersetzt resorbirt wird, im Blute ähnlich, wie das kohlensaure Natron, dazu dienen, das Albumin und das Fibrin in gelöstem Zustande zu erhalten, wobei aber den Liebig'schen Versuchen gemäss darauf zu achten sei, dass das Kochsalz in nicht zu grossem Verhältnisse dem Blute zugeführt werde. Durch dieses Flüssigerhalten des Fibrins und Albumins werden demnach wesentliche Dienste geleistet, indem vermöge jener Verflüssigung der Proteinkörper die unumgänglich nothwendigen Metamorphosen im Blute und in den Geweben ermöglicht werden. Das Kochsalz wirkt wie gesagt, auf die Thätigkeit der Schleimhaut im Allgemeinen und auf die des Magens und des ganzen Verdauungskanales im Besondern reizend, anregend und bethätigend ein, es fördert die Verdauung und dadurch gleichzeitig die Ernährung, indem es nach Liebig „die endosmotische Aufnahme des Chylus in die Capillargefässe des Darmkanals steigert." Es betheiligt sich überhaupt in bedeutender Weise an dem normalen Stoffwechsel, indem es an fast allen oder doch den meisten An- und Abbildungen den thätigsten Antheil nimmt.

Durch die Anregung der Thätigkeit des Darmkanales, welche das Kochsalz durch seinen Reiz auf die Schleimhaut desselben bewirkt, ist es auch wohl im Stande, wenn es mit andern abführenden Salzen zusammentrifft, die abführende Kraft dieser letzteren in gelinder Weise zu unterstützen. Und das ist es wohl auch, was dem Wasser unseres Brunnens die gelind und sanft abführende Wirkung geben mag, nämlich das Zusammenwirken des Kochsalzes mit der Magnesia, dem Glaubersalze und selbst auch dem kohlensauren Natron.

Ueber den Gehalt an kohlensaurem Lithion in unserer Quelle (gr. 0,0050277 auf das Pfund Wasser) bemerke ich nur, dass man dasselbe in neuerer Zeit für ein kräftiges Mittel gegen Gicht und gichtischen Rheumatismus erkannt haben will, indem es bei harnsaurer Diathese für Harnsäure und Urate ein kräftigeres Lösungsmittel abgebe, als andere Alkalien und ihre Carbonate. In unserer Quelle dürfte der Gehalt desselben zu gering sein, um in dieser Hinsicht etwas Grosses erwarten zu dürfen; gibt aber immer doch wohl noch eine Unterstützung des kohlensauren Natron nach dieser Richtung hin.

Wir kommen nun zu dem in dem Wasser des Draischbrunnens dynamisch präponderirenden und prävalirenden Bestandtheile, welchem die bis jezt Besprochenen gleichsam nur zur unterstützenden Begleitung beigegeben zu sein scheinen, nämlich dem kohlensauren Eisenoxydul. Dieses ist es, was dem Wasser den ihm gebührenden Platz in der grossen Rangordnung der verwandten Mineralquellen anweist. — Ausser in anderen Theilen und Absonderungen des Körpers ist das Eisen im Blute vorhanden und gehört zur Mischung desselben im gesunden Zustande; es ist als ein durchaus nothwendiger, unentbehrlicher Bestandtheil desselben im Hämatin enthalten. Ewich, pag. 186, hat nach Zusammenstellung der Ergebnisse verschiedener Untersuchungen und Beobachtungen eine Berechnung aufgestellt, wonach der Eisengehalt des Blutes dargethan wird im Vergleiche und im Verhältnisse zu der Gesammtmenge der im Blute enthaltenen Salze. „Der Eisengehalt des Blutes wird von der Menge der Blutkörperchen und der Zufuhr des Eisens abhängen. Nach S e e g e n enthält normales Blut durchschnittlich 4 Gran Eisen auf 1 Pfund; bei Oligämie waren, im Durchschnitt von 30 Fällen, nur 2,81 Gran Eisen im Pfunde vorhanden. — Man schätzt die Blutmenge des ausgewachsenen Körpers auf mindestens 25 Pfund oder $^1/_5$ seines Gewichtes und nimmt an, das 7 Theile Blut in den Venen, 3 Theile in den Arterien circuliren. Nach D e n i s enthalten 1000 Theile Blut 12 Theile Salze; die Normalmenge der Salze im Blut s e r u m beträgt 9,73 Theile auf 1000 Theile. Es enthalten ferner: 1000 Theile normales Blut 869,15 Theile Serum und 130,85 Theile Blutkuchen. Sind demnach in 1000 Theilen Blut 869,15 Theile Serum und 12 Theile Salze enthalten, und befinden sich in 1000 Theilen Serum 9,73 Theile Salze: so enthalten 1000 Theile Blut in dessen Serum 8,45 und in dessen Blutkuchen 3,55 Theile Salze. Beträgt nun die Blutmenge des Körpers 25 Pfund (à 16 Unzen) oder 192000 Gran, so befinden sich nach Obigem im gesammten Serum des Körpers 1621 Gran und in der gerinnbaren Blutsubstanz 681 Gran Salze, worunter auch das Eisen. Demgemäss besitzt ein Mensch mit einem Körpergewichte von 125 Pfund, dessen Blutmasse man auf 25 Pfund schätzt, 2302 Gran Salze in der Gesammtmasse des Blutes aufgelöst. Nehmen wir nun mit S e e g e n 4 Gran Eisen in 1 Pfund Blut an, so sind in 25 Pfund oder der Gesammtmasse des Blutes 100 Gran Eisen enthalten. Das Eisen bildet also den 23. Theil der Salze der gesammten Blutmasse und den 6—7. Theil d e r S a l z e d e r g e r i n n b a r e n Blut s u b s t a n z, mithin einen sehr bedeutenden Antheil gerade derjenigen Substanz des

Blutes, welche die Ernährung des Körpers zu vermitteln hat."

Verminderung des Eisengehaltes im Blute hat eine Minderung oder Abnahme der festen Bestandtheile desselben zur Folge, namentlich des Hämatingehaltes, überhaupt eine Abnahme der rothen Blutkörperchen, oft bedeutende Zunahme der farblosen oder Lymphkörperchen und eine, wenigstens relative Zunahme des Wassergehaltes.

Gelangt das Eisen, beim medicinischen Gebrauche in kleinen Dosen in den Magen und Darmkanal, so veranlassen sie, ausser einem metallischen, adstringirenden Geschmacke beim Einnehmen, keine merklichen Erscheinungen; es erleidet jedoch je nach Verhältniss und Form seiner Darreichung, ob in metallischem Zustande oder als Salze, durch die Contente des Magens und namentlich durch frei im Magensafte vorhandene Säure mancherlei Veränderungen. Es entstehen auf diese Weise bald im Wasser unlösliche oder doch schwerlösliche Verbindungen, die jedoch im Magensafte lösbar sind und so resorbirt werden; bald bilden sich ganz unlösliche Verbindungen, welche als solche nicht aufgesogen, sondern mit dem Stuhlgange wieder aus dem Körper entfernt werden. Kleine Gaben von Eisensalzen bleiben leicht im Magensafte aufgelöst. Die allerdings sehr geringe Eisenmenge, welche bei längerem Gebrauche und nach und nach resorbirt und in's Blut aufgenommen wird, wird hauptsächlich bei Neubildung der rothen Blutkörperchen verwendet. Die Veränderungen, welche bei längerer Anwendung auch nur kleiner Dosen, in der Blutmischung eintreten, beobachtet man am deutlichsten bei krankhaften Zuständen, wie bei Anämischen, Chlorotischen. Der Verdauungsprocess scheint eine günstige Veränderung zu erfahren; der

Appetit wird in sehr vielen Fällen vermehrt und die Verdauungskraft gesteigert; nur in seltenen Fällen wird über Abnahme des Appetites beim Eisengebrauche geklagt; es soll sich ein an Nährstoffen reicherer Chylus bilden, durch dessen Aufnahme ins Blut dieses ein Zunehmen von festen Bestandtheilen, Cruor, rothen Blutkörpcrchen etc. erleide, wogegen der Wassergehalt des Blutes wenigstens relativ sich vermindere; die farblosen Blut- oder Lymphkörperchen sollen durch direkte Einwirkung des Eisens in rothe umgewandelt, und namentlich scheint der Farbstoff der letzteren durch den Zutritt des Eisens vermehrt zu werden. Abnorme und profuse Secretions- und Exsudationsprocesse kehren allmählich zum normalen Stande zurück; die monatliche Reinigung, welche in Folge hydrämischer Beschaffenheit des Blutes und dadurch bedingter allgemeinen Körperschwäche in einen krankhaften Zustand umgewandelt oder auch ganz ausgeblieben war, wird zu ihrer Regelmässigkeit zurückgeführt, und die häufig an ihre Stelle getretenen krankhaften, schleimigen Ausscheidungen hören auf in dem Maasse, wie der Körper in den Zustand von Kräftigung und Gesundheit zurückkehrt; das Herz contrahirt sich kräftiger, der Puls wird voller, kräftiger; die bleichen Wangen und Lippen röthen sich und an die Stelle der früheren nervösen Kälte in den äussern Theilen tritt das wohlthuende Gefühl einer angenehmen Wärme. Nach Liebig's Theorie nämlich gelten die rothen Blutkörperchen als Sauerstoffträger; ihre Menge aber wird durch Eisen vermehrt, somit also muss auch durch diese Vermehrung eine Steigerung von Aufnahme und Fortführung des Sauerstoffes in die Capillaren und Gewebe, eine Steigerung seiner oxydirenden und umsetzenden Einwirkung auf andere Stoffe bedingt werden. Aus diesem Vorgange soll

zum Theile die Wiederkehr der normalen Haut-
wärme bei Chlorotischen erklärt werden können.

Wichtig ist für den Therapeuten hierbei vor
Allem, dass schon die geringsten Mengen von
Eisen bei allmähliger Einführung die Capacität des
Blutes für dieses Metall sättigen, und dass fast alle
weitere Zuführung desselben im Darmkanal zurück-
bleibt und, wenn es mit dem Stuhlgange nicht bald
entfernt würde, nur schaden und keinesfalls etwas
nützen könnte. Zu grosse oder auch nur zu lange
fortgesetzte Gaben können leicht Verdauungsstörun-
gen, Stuhlverstopfung, Congestionen, selbst entzünd-
liche Zufälle und Blutflüsse erzeugen.

Diese hier angegebenen Wirkungen des Eisens
dürfen wir von ihm beim Gebrauche unseres Brunnens wohl erwarten, indem es hier dem Körper in
einer Form und Gabe geboten wird, in welcher er
dasselbe am leichtesten aufzunehmen und in's Blut
überzuführen vermag; denn es ist hier nicht allein
keine zu grosse Gabe, aber auch eine, die zur gewünschten Wirkung gross genug ist, sondern es ist
hauptsächlich das Zusammenwirken des reichen Gehaltes an Kohlensäure mit den andern besprochenen
alkalisch-salinischen Bestandtheilen, welche, indem
sie auf der einen Seite das Blut von zur Ausscheidung bestimmten Stoffen frei und dasselbe eben dadurch zur leichteren Aufnahme des Eisens geneigt
machen, auf der andern Seite auch gleichzeitig die
Thätigkeit der Verdauungsorgane mehr anregen und
kräftigen, die leichtere Aufnahme des in dem Wasser
gelöst enthaltenen kohlensauren Eisens und Ueberführung desselben in's Blut vor Allem vorbereiten
und unterstützen. Ja es will mich fast bedünken,
als hätten diese alkalisch-salinischen Bestandtheile
in unserer Quelle nur die eine Hauptbestimmung,
dem Eisen als dem dynamisch prävalirenden Bestand-

theile unter gleichzeitiger Mitwirkung der Kohlensäure gleichsam als Begleiter zu dienen, und ihm selbst in obiger Weise einen freundlicheren Willkomm zu bereiten.

Sollte aber Jemand den Eisengehalt unserer Quelle für zu gering und unbedeutend erachten wollen und mit einer unverzeihlichen und leichtfertigen Oberflächlichkeit sich in wegwerfendster Weise über den Brunnen äussern, dem möchte ich mit der einfachen Frage antworten: „Wie gross denn die Menge Eisen in einem Pfunde Mineralwasser sein müsse, damit man seiner Ansicht nach eine Wirkung von dessen Gebrauche erwarten dürfe?" und wie viel denn derselbe in einem gegebenen Falle wohl für nöthig erachte, um, wie das bei einer 4—6wöchentlichen Cur der Fall ist, durch allmähliche Aufnahme dieser Menge in's Blut, die vielleicht nur wenigen Grane zu ersetzen, welche diesem an seiner normalen Mischung und Beschaffenheit fehlen und zur gesundheitsgemässen Verrichtung seiner Funktionen nöthig sind? Fragen und Aeusserungen, wie: „Nun, was ist denn in dem Wasser enthalten? ein bischen Natron!" — und: „der Godesberger Mineralbrunnen ist ein einfacher, schwacher Säuerling, mit dem Nichts zu machen ist!" (??!) sind es gewesen, die in früheren Jahren, wo wiederholt eine Herstellung des Brunnens zur Sprache gebracht worden war, die Sache trotz aller sonstiger Protegirung dennoch jedesmal von vornherein abschnitten, wenn an maassgebender Stelle ein sachverständiges Urtheil über das Unternehmen eingefordert worden war. Und dieses „sachverständige" Urtheil war eben ein Urtheil, wie kaum je eines mit mehr Leichtfertigkeit und vornehmthuender Nonchalance abgegeben worden ist. Und gerade einer solchen Oberflächlichkeit verdankt der Godesberger Mineral-

brunnen sein bisheriges Verkommen und seine gänzliche Vernachlässigung. Und man darf sich daher
gar nicht wundern, wenn man auch heute noch hie
und da einer ähnlichen Beurtheilung begegnet. Und
solche möchte ich einfach verweisen auf das Resultat der letzten Analyse und sie zu einem auf-
richtigen Vergleiche auffordern zwischen unserm
Brunnen und dem Schwalbacher Weinbrunnen; dann
möchte ich sie darauf zurückverweisen, wie fast ver-
schwindend kleine Mengen Eisen der Körper durch
die Verdauung aufzunehmen vermag, wie geringe
Mengen zu dem gewünschten Erfolge einer Cur der
Körper meistens bedarf, und wie das über diese geringen Quantitäten hinaus dem Körper zugeführte
Mehr derselbe, im glücklichsten Falle ohne weitern
Schaden für den Körper, unverdaut durch den
Darmkanal und zugleich mit dessen Ausscheidungen
wieder entfernt wird; ja noch mehr! dass selbst von
dem aufgenommenen und in's Blut übergeführten
kleinen Thèile oft genug noch wieder mehr oder
weniger durch den Urin ausgeschieden wird. Ferner
möchte ich solchen Beurtheilern auch noch den Umstand zur Erwägung vorlegen, dass keineswegs das
in einer Stahlquelle enthaltene quantitative Mehr an
Eisengehalt den alleinigen Maassstab zur Beurtheilung ihrer möglichen Wirksamkeit und Anwendbarkeit abgibt, sondern hauptsächlich der Umstand, ob
das Wasser so viel Kohlensäure enthält, dass es das
Eisen, gleichviel wenn auch in relativ geringerer
Menge, in vollständiger Lösung zu erhalten vermag
und es dasselbe nicht zu leicht und zu rasch fallen
lässt. Und endlich auch noch darauf, ob die Aufnahme des Eisens in den Körper und seine Ueberführung in's Blut, welche hauptsächlich durch die
erwähnte Lösung unter Vermittelung des Kohlen-
säuregehaltes bedingt wird, auf der andern Seite

durch die neben dem Eisen in dem Wasser enthaltenen übrigen Bestandtheile etwa nicht erschwert oder behindert, sondern im Gegentheile erleichtert und gefördert werde? Sollten aber auch Jemandem diese Hinweisungen und Entgegnungen nicht genügen, sollte sein Gaumen etwa derbere Kost verlangen, nun so sei es mir erlaubt, ihm zum Nachlesen und zur Beherzigung das zu empfehlen, was der treffliche H. M. Marcard[1]) in seinem immer noch ausgezeichneten Buche über Pyrmont in Betreff der Stahlcuren und der dazu nöthigen Gaben von Eisen sagt.

Sämmtliche in unserer Quelle enthaltenen Hauptbestandtheile wirken demnach bezüglich des Stoffwechsels durch Förderung der Anbildung neuer und der Ausscheidung verbrauchter, dephlogisticirter Stoffe alle in freundlicher, gegenseitig sich unterstützender Weise.

Die *Gesammtwirkung des Godesberger Wassers* ist in allgemeinen Zügen schon oben nach Harless Ausspruch angegeben worden. Dr. A. Genth in Schwalbach hat in seiner trefflichen Abhandlung über Schwalbach[2]) für die Gesammtwirkung des Schwalbacher Wassers ein ausgezeichnetes, weil naturgetreues Bild entworfen, welches, bis auf einige wenige, durch den Mehrgehalt an alkalisch-salinischen Bestandtheilen unserer Quelle bedingte Unterschiede, auch hierher durchaus passen dürfte, so dass ich mich der Kürze wegen einfach darauf beziehen und verweisen könnte, um so mehr, da die

---

1) Beschreibung von Pyrmont. Leipzig 1784. Bd. I. pag. 294 u. f.

2) Die Nassauischen Heilquellen. Wiesbaden 1851. Seite 215 u. f.

einzelnen Wirkungen in dem bisher Gesagten vollständig mitgetheilt sind und aus diesem auch die oben erwähnten Unterschiede wohl von selbst sich ergeben möchten. Ich begnüge mich daher, der Uebersichtlichkeit wegen aus genanntem Bilde die Hauptzüge, wie sie hier passen, kurz hervorzuheben:

Bethätigung der Darm-Verdauung, Beförderung der Aufsaugung, Hebung des Blutlebens und dadurch Steigerung des Assimilationsgeschäftes im ganzen Körper, Vermehrung der Ausscheidung des Verbrauchten, gelinde Erregung und Belebung des Nervensystems und endlich Verminderung profuser Absonderungen. Wird das Mineralwasser in Krankheitszuständen, in denen es indicirt ist, in einer der Individualität entsprechenden Dose dem Körper einverleibt, sehen wir, unter gelinder und sanfter Bethätigung der Stuhlausleerungen, die Esslust sich steigern; bestand vorher Druck und Aufblähung des Magens nach dem Essen, so mindern diese sich allmählich und schwinden zuletzt ganz. Die weitern, von der Allgemeinwirkung des Eisens abhängigen Veränderungen, welche erst im weitern Verlaufe der Cur bemerkbar werden, sind: erhöhtes Kraftgefühl, Verbesserung des welken und bleichen Aussehens der Lippen, der Zunge, des Zahnfleisches und der Wangen, welche nach und nach eine frische, rothe und blühende Färbung erhalten; Schwinden etwaiger früherer ödematösen Anschwellungen; die Contractionen des Herzens werden kräftiger, der Blutumlauf beschleunigter und der schwache, frequente oft fadenförmige Puls stärker, langsamer und voller; Engbrüstigkeit und Herzklopfen verschwinden; abnorme Ab- und Aussonderungen werden vermindert und nach und nach gehoben, die monatliche Reinigung geregelt. In dem Verhältnisse, wie das Blut eisenhaltiger wird, treten die nervösen

Erscheinungen immer mehr zurück; die Neigung zu Frösteln und die Disposition zu Erkältungen verlieren sich und es stellt sich in den äusseren Theilen das Gefühl einer angenehmen Wärme ein; die düstern Bilder der Phantasie, die wunderlichen Launen und die damit verbundene gedrückte Gemüthsstimmung weichen allmählig, um an ihre Stelle eine zufriedene, gehobene Stimmung und das wohlthuende Gefühl eines allgemeinen Wohlbefindens und Wohlbehagens treten zu lassen.

Indicationen. Bevor ich auf die einzelnen Indicationen zum Gebrauche unserer Quelle und zur Aufzählung der einzelnen Krankheitszustände, in denen dieselbe ihre Anwendung findet, übergehe, will ich kurz vorausschicken, unter welchen Umständen ich dieselbe für contraindicirt halten muss.

Gegenanzeige für den Gebrauch des Godesberger Wassers sind daher alle activen Entzündungen und entzündlichen Zustände, Blutwallungen oder allgemeine Vollblütigkeit, Congestionen nach edlern innern Organen, so wie alle Zustände, in denen uns weit eher die Sorge für Minderung als für Steigerung der Plasticität des Blutes obliegt. Erst nach Beseitigung solcher entgegenstehenden Zustände könnte wegen etwa sonstiger Erforderniss das Wasser in Anwendung gezogen werden. Besonders zu erwähnen sind noch alle Lungenkrankheiten, die zu Blutcongestionen oder entzündlichen Affectionen der Respirationsorgane disponiren oder Neigung zu Bluthusten bedingen; bei organischen Herzleiden, Neigung zu Schlagfluss würde man in der Regel wohl Anstand nehmen müssen, den Brunnen trinken zu lassen; auch Schwangerschaft, besonders in den ersten Monaten, wo leicht Abortus zu befürchten wäre, dürfte eine Gegenanzeige abgeben. Wären, bei sonstigen wirklichen Indicationen, Unreinigkeiten in den ersten Wegen (Sordes) vorhanden, müssen diese auf dem passendsten Wege vorher beseitigt werden.

Anzeigen für den curgemässen Gebrauch unserer Quelle geben alle jene krankhaften Zustände, seien es allgemeine, d. h. den ganzen Körper betreffende, oder seien es solche, welche sich auf einzelne Organe oder Systeme beschränken, bei denen wahre Schwäche entweder als Ursache selbst zu Grunde liegt oder auch nur als Folgezustand mit jenen verbunden ist. Und hierher gehört vor Allen jener Zustand von Blutmangel, Blutarmuth oder von fehlerhafter und mangelhafter Blutmischung, aus dem als Grundursache namentlich in unsern Tagen so viele und so manchfache, mehr oder minder schwere Leiden ihren Ursprung herleiten.

Bei Aufzählung der einzelnen Zustände binde ich mich nicht **an eine** systematische Ordnung, sondern lasse sie nach ihrer mehr oder minder grossen Bedeutsamkeit und nach der Häufigkeit ihres hiesigen Vorkommens auf einander folgen.

1. *Anämie* (besser Oligämie), Blutmangel, Blutarmuth, welche in Folge vorausgegangener erschöpfender Krankheiten entstanden ist, wie in Folge profuser oder oft wiederkehrender, wenn auch einzeln für sich nicht heftiger Blutflüsse: Nasenbluten, Metrorhagie; oder nach andern starken Säfteverlusten, wie zu reichlichem und zu lange andauerndem Stillen; nach häufigen, kurz aufeinander folgenden Wochenbetten, nach übermässigen Anstrengungen oder auch in Folge zu raschen Wachsens.

2. *Bleichsucht*, mag diese als Entwicklungskrankheit auftreten oder in Verdauungs- und Ernährungsstörungen, Skrophelkrankheit oder an-

dern krankhaften Zuständen ihren Grund haben, wodurch eine bedeutende Abnahme der rothen Blutkörperchen und des Eisens, mit überwiegender Zunahme dagegen der weissen Körperchen, welche Donné als einen „Uebergangszustand von den Chyluskörnchen zu den rothen Blutkörperchen" nennt, so wie Vermehrung des Wassergehaltes des Blutes, wässerige Beschaffenheit desselben, bedingt wird.

In diesen beiden genannten, sehr verwandten Krankheitszuständen wirkt unser Brunnen in nicht stürmischer, sondern mehr langsamer, aber um so sicherer Weise, besonders durch seinen Reichthum an Kohlensäure und seinen Eisengehalt, indem durch die Aufnahme des letztern in das Blut eine direkte Vermehrung der rothen Blutkörperchen, d. h. eine Umwandlung der weissen Körperchen in rothe, unter gleichzeitiger Verminderung des Wassers bewirkt und durch diese Vermehrung das Blut indirekt zur Aufnahme einer weit grössern Menge von Sauerstoff fähig gemacht wird. In Folge dessen erhalten alle Organe mit dem Blute die zu ihrer Ernährung nöthigen Bestandtheile in einem besseren und reichlicheren Maasse, wodurch nothwendig auch eine bessere Assimilation Statt finden muss.

3. *Schwäche des Magens und Verdauungskanales*, Unthätigkeit derselben mit den vielen dadurch bedingten Beschwerden: Säurebildung, Auftreiben und Druck im Magen nach dem Essen, Magenschmerzen mancherlei Art, vom Gefühle des Heisshungers und „Abseins", „Flauwerdens" bis zu den heftigsten Magenkrämpfen, Flatulenz und Kollern im Leibe, Erbrechen,

habituelle Leibesverstopfung u. s. w. u. s. w.,
letztere mit zu Grunde liegender Schwäche
und Unthätigkeit der Muskelhaut des Darmes.
Stark wirkende Abführmittel heben diesen
Zustand nicht, verschlimmern ihn wohl eher,
wie das so häufig, namentlich bei jungen Frauen
beobachtet wird, wenn sie ein paar Wochen-
bette überstanden haben und sich eine Art
Hämorrhoidalzustand bei ihnen ausgebildet
hat. Wie gegen die Grundursache aller obigen
Zustände und gegen jeden einzelnen derselben
in dem Wasser unserer Mineralquelle ein si-
cheres Heilmittel geboten wird, so ist sie ein
solches namentlich gegen die habituelle Leibesverstopfung oft in wirklich auffallender
Weise, und lasse ich eben jetzt noch einen
Mann in den mittleren Jahren gegen dieses
Uebel unsern Brunnen trinken, der bisher die
mannigfaltigsten und kräftigsten Abführmittel
ohne Erleichterung und oft nur mit der noth-
dürftigsten zeitweisen Wirkung zu nehmen ge-
wohnt war. Vom dritten Tage an, wo ich ihm
unsern Brunnen zu zwei starken Gläsern in den
Morgenstunden zu trinken empfohlen hatte,
trat eine täglich regelmässige, leichte Stuhlent-
leerung ein. Solche Fälle kommen häufig vor.

4. *Nervenschwäche* und *nervöse Reizbarkeit*, ob
dieselbe nun im Gehirn- oder im Rückenmarks-
oder im Bauchnervensysteme ihren Ursprung
haben mag, macht an sich keinen Unter-
schied, wenn sie nur in einer durch Blutarmuth oder Bleichsucht bedingten fehlerhaften
Blutmischung und daraus folgenden mangelhaften Ernährung der Nervenfaser begründet
oder in Folge einer übermässigen, dauernden
Anstrengung des Körpers oder Geistes, durch

eine Ueberreizung des letztern namentlich, entstanden ist. Hierher gehören:

a. *Hypochondrie* und die damit zusammenhängenden Verstimmungen und krampfhaften Gefühle.

b. *Hysterie* mit dem ganzen Heere ihrer verschiedenartigsten krampfhaften Zufälle: Lach- und Weinkrampf, Brust- und Magenkrampf, Gefühl von Zuschnüren der Kehle, Clavus hystericus und nervöser Kopfschmerz, Schluchzen, Aufstossen von Luft aus dem Magen, Husten, Erbrechen, Neuralgieen aller Art und vor Allem die so häufige Cardialgie aus dieser Ursache — hysterische Lähmungen etc. — Eben jetzt noch habe ich eine unverheirathete Hysterische in Behandlung, welche seit einigen Jahren an sehr häufigen Krampfanfällen litt. Diese begannen mit dem Gefühle des Clavus hystericus, wozu sich alsbald die heftigsten, Stunden, ja Tage lang anhaltenden Weinkrämpfe mit dem Gefühle des Zusammenschnürens der Brust und des Halses gesellten. Sie trinkt unsern Brunnen bis jetzt mit erwünschtem Erfolge.

c. *Nervöses Erbrechen* und *Erbrechen* der *Schwangern*. Von ersterem sah mein hiesiger College Dr. Finkelnburg zwei Fälle, welche lange allen Mitteln widerstanden hatten, einzig durch Trinken unseres Brunnens in dauernde Genesung übergehen; und gegen Erbrechen der Schwangern habe ich seine gute Wirkung häufig zu erproben Gelegenheit gehabt.

5. *Verstopfungen* u. *Anschoppungen* oder *Stockungen*, Stasen, in den drüsigen Organen,

namentlich des Unterleibs und die dadurch veranlassten oder damit verbundenen funktionellen Störungen der betreffenden Organe, ebenfalls mit dem zu Grunde liegenden Charakter der Schwäche und ohne gleichzeitiges Bestehen von a c t i v e n Congestionen. Gegen diese Zustände wird in unserm Wasser ein herrliches, weil nur langsam und allmählig einwirkendes tonisches Auflösungsmittel geboten, welches durch seine alkalisch-salinischen Bestandtheile auf die allmählige Lösung solcher Stasen bedeutend einzuwirken vermag. Es wird daher auch gegen, auf solchen Zuständen beruhenden Anomalien und Störungen in der Gallenabsonderung mit Nutzen seine Anwendung finden.

6. *Schwäche* der *Schleimhäute* und *Verschleimungen*, so des Magens, Magencatarrh, chronischer Blasencatarrh, Blennorrhöen der Luftwege, Wurmkrankheiten u. s. w.

7. *Schwäche* des *Muskelsystems*, Schlaffheit der zu kräftigen Contractionen nicht fähigen Muskelfaser, wodurch zu mancherlei übeln Zufällen, wie Brüchen, Vorfällen, hartnäckiger Verstopfung wegen zu träger Darmbewegung, Gefässrisse wegen zu sehr erschlaffter Gefässhäute, und daher rührenden Blutungen der verschiedensten Art Veranlassung gegeben ist. Hier ist das Eisen Hauptmittel. Hämorrhoiden und andere passive Blutflüsse, Schleimhämorrhoiden, Varicositäten des Uterus, Metrorhagien mit dem Charakter der Schwäche, Neigung zu Abortus, fluor albus u. s. w.

8. *Schwäche* des *lymphatischen-* und *Drüsensystems*, an sich wohl Zustände, welche mit Oligämie verwandt, auch wohl damit ver-

bunden sind: Anlage zu Skropheln und die Skrophelkrankheit selbst, Rhachitis u. s. w. [1]

9. *Gicht* und *harnsaure Diathese:* Gries und andere harnsaure Niederschläge und Concremente. Die Art und Weise, wie das Wasser gegen diese Krankheiten zu wirken im Stande ist, ist oben bei Besprechung der speciellen Wirkung des kohlensauren Natron und kohlensauren Lithion auseinander gesetzt worden. —

Trotz einer erst provisorischen und höchst mangelhaften Fassung und Einrichtung des Brunnens und seiner Umgebung, war der Besuch und das Leben an demselben in diesem Sommer, dem ersten nach zu Tage-Förderung der neuen Quelle, dennoch schon ein recht reges und gegen Erwarten zahlreiches; es dauert auch bis heute (den 20. September) noch ungeschwächt fort. Auch haben wir alle Ursache, mit den durch den Gebrauch des Wassers erlangten Resultaten durchaus zufrieden zu sein. Alles dieses berechtigt uns zu den schönsten Hoffnungen und Erwartungen für die Zukunft, dass, ist erst einmal unsere D r a i s c h wieder zu ihrer früheren wohlverdienten Anerkennung gekommen, ihre Zukunft auch eine solche sein werde, wie in prophetischem Geiste V. W. N e u b e c k sie ihr im Jahre 1811 schon vorherverkündigt hat (pag. 55), indem er sagt:

---

1) N a s s e sagt in seinem Berichte an die Königl. Regierung, welcher mir eben noch im Auszuge mitgetheilt wird: „Der beträchtliche Gehalt der Quelle an kohlensaurem Natron zugleich mit dem darin enthaltenen Eisen lasse einen guten Erfolg auf die Heilung mehrerer Krankheiten erwarten. Von G e n e s e n e n habe er zugleich Erfahrungen gesammelt, die für die gute Wirkung des Wassers sprechen und er wende es gegenwärtig (1830) bei Skropheln, Hautkrankheiten etc. im medic. Klinikum an.“

„Bald wetteiferst du, bald! mit dem Chore dieser Najaden [1]),
Nymphe, die dort an des Rhein's Weinhöh'n die Grotte be-
wohnet.
Traue der Muse, sie schaut der Zukunft ferne Gefilde.
Diess weissaget ihr Mund: Bald wirst du berühmt, wie die
Schwester,
Kränze sprossen dir schon, wie sie Clevia's Locken umwehen,
Die nicht ferne von deinem Gebiet in dem Schatten des Lusthains
Spendet die silberne Flut dem hülfeverlangenden Kranken.
Nimm dies Blumengeflecht, den Herold künftiger Kränze
Und unsterblichen Ruhm's, nimm's, holde Nymphe! dir bringt es
Als ein Weihegeschenk die heilweissagende Muse.“

Und damit auch von Seiten der Gemeinde
Godesberg zur baldigen Erreichung dieses Zieles
das Mögliche geschehe, wird dieselbe Sorge tragen,
dass in diesem Herbste noch eine neue zweckent-
sprechende Fassung der Quelle vorgenommen werde.
Ebenso werden auch zur möglichsten Befriedigung
aller gerechten Ansprüche der Curgäste die nöthigen Einrichtungen getroffen und überhaupt alles
das hergestellt und hergerichtet werden, was zu einem geregelten Curleben gehört.

Noch ist schliesslich zu bemerken, dass zu Ver-
sendungen für raschen Verbrauch das Wasser unserer Quelle sich jedenfalls und vollkommen eignet;
ob aber dasselbe eine längere Aufbewahrung auf
Lager verträgt, ohne eines grossen Theiles seiner
Kohlensäure und seines Eisengehaltes verlustig zu
gehen, muss erst durch wiederholte und auf längere
Zeit ausgedehnte Versuche erprobt werden.

---

1) Der Quellen von Schwalbach, von denen eben vorher
die Rede war.

Bonn, gedruckt bei J. F. Carthaus.